D1351668

Le Petit Nicolas

Adieu les mauvaises notes !

Adaptation de
Valérie Latour-Burney

GALLIMARD JEUNESSE

Les personnages du roman

Nicolas
Il adore sa bande de copains !

Alceste
Il est un peu gros car il mange tout le temps.

Clotaire
C'est le dernier de la classe.

Agnan

C'est le chouchou
de la maîtresse.

Geoffroy

Son papa est vraiment
très riche.

Eudes

Il adore donner
des coups de poing!

Rufus

Il a un sifflet, comme
son papa gendarme.

Marie-Edwige

C'est la voisine
de Nicolas ; elle est très jolie !

Louisette

Elle a un shoot terrible !

La maman de Nicolas

Nicolas trouve que
c'est la plus chouette
maman du monde.

Le papa de Nicolas

Nicolas trouve que
c'est le plus chouette
papa du monde.

Le Bouillon

C'est le surveillant de l'école.
Son vrai nom, c'est M. Dubon.

La maîtresse

Elle est gentille mais elle
donne parfois des punitions.

andouille !

- 1 -

Une catastrophe mondiale

Ding, ding, ding ! Nicolas, Clotaire, Eudes et les autres quittent l'école sans dire un mot, tête baissée. Mais que leur arrive-t-il ? D'habitude, à la fin de la journée, ils sortent en courant, direction le terrain vague pour jouer au foot ! Mais, ce lundi, même le Bouillon,

le surveillant à moustaches, est surpris de les voir si abattus. Seul Agnan, le chouchou de la maîtresse, sautille, tout content.

– **Ha, ha, ha !** Et n'oubliez pas de rapporter votre carnet de notes signé demain ou gare au directeur ! lance-t-il aux garçons qui traînent le pas sur le trottoir.

La voilà, la raison de leurs tristes mines : ils ont entre leurs mains des carnets bourrés de mauvaises notes, de très mauvaises notes. Comment rentrer à la maison et les faire signer à leurs parents ? Ils vont être furieux et risquent de leur donner de terribles punitions !

– Mon père m'avait promis de m'emmener au cinéma si je rapportais un bon carnet… Maintenant c'est fichu ! se plaint Nicolas.

– C'est rien ! Moi, je vais être privé de télé jusqu'à la fin de ma vie, j'en suis sûr ! renchérit Joachim (qui est le seul à avoir la télé).

– Bah ! Vous avez de la chance, vous ! Moi, mon père, il va sûrement me mettre dans sa prison, avec tous les bandits ! marmonne Rufus (dont le papa est policier).

Il n'y a qu'Eudes, le cogneur, qui a l'air tranquille. Il prétend avoir un truc infaillible pour ne pas être puni.

– Tu te mets à pleurer très fort en suppliant tes parents à genoux, peut-être ? lui demande Clotaire.

Vexé, Eudes est à deux doigts de mettre son poing dans la figure de Clotaire (il réagit toujours comme ça quand il est énervé). Heureusement, Nicolas l'en empêche et lui demande d'expliquer son truc.

Eudes fait le malin en racontant qu'il regarde son père droit dans les yeux, sans jamais cligner. Trop fort ! Mais Nicolas a du mal à s'imaginer faire un duel de regard avec son père. Il est sûr que ce sont ses parents qui gagneraient en lui faisant de très gros yeux !

Non, ce n'est vraiment pas une technique pour lui. Alors, que faire ?

Nicolas poursuit seul son chemin en réfléchissant au moyen d'éviter la catastrophe quand, **bang** ! il butte contre Louisette au coin de la rue, qui sort de l'école des filles.

Elle secoue la tête, un peu sonnée, avant de reconnaître Nicolas, qui s'empresse de lui parler de son carnet de notes.

– Ce n'est plus un carnet, c'est une catastrophe mondiale ! J'entends déjà mes parents… prédit Nicolas. « Tu finiras comme un vaurien ! Tu seras privé de foot ! Tu n'y joueras plus jamais, **jamais** ! »

À l'idée de cette punition injuste, il se redresse d'un coup :

– J'en ai assez d'être puni ! S'ils continuent, un jour, je partirai ! Et, quand je reviendrai, je serai riche ! Et, là, ils verront bien qu'ils avaient tort !

– Tu as raison, Nicolas ! dit la fillette, enthousiaste. (À vrai dire, le carnet de Louisette est tout aussi lamentable...) **Partons !**

– Mais où ? demande Nicolas, pris au dépourvu.

– Loin d'ici, pour faire fortune et tout ça... En Chine, par exemple ! rétorque Louisette qui, elle, n'est jamais prise au dépourvu.

– En Chine... Non ! À Arcachon ! J'y ai passé les vacances l'été dernier. Il y a la mer et des huîtres. C'est drôlement chouette !

– D'accord… Et c'est loin ton… cochon-chose ?

– Oui, c'est drôlement loin !

– Alors, on a besoin de mon vélo ! propose Louisette, jamais en panne d'inspiration.

C'est parti pour l'aventure, direction Arcachon !

Reste à décider qui sera au guidon. Nicolas assure que ce doit être lui car il connaît le chemin. Louisette rouspète parce que c'est *son* vélo. Nicolas n'en démord pas : dans la voiture, c'est sa maman qui indique le chemin. Louisette n'a qu'à faire la même chose sur le porte-bagages ! Hors de question, Louisette ne jouera pas au papa et à la maman. La route risque d'être longue jusqu'à Arcachon…

Finalement, c'est Louisette qui pédale (elle mène toujours Nicolas par le bout du nez !), tandis que Nicolas regarde tranquillement le paysage sur le porte-bagages. Mais, à peine cinq minutes plus tard, Louisette, déjà raplapla, décrète que c'est à Nicolas de pédaler !

Les filles ne sont pas toujours faciles à suivre… Les garçons non plus d'ailleurs ! La preuve : quelques mètres plus loin, sur le chemin vers Arcachon, nos deux aventuriers tombent sur

Alceste. Il vient d'enlever une brique du muret devant sa maison. C'est sa cachette secrète où il entasse des provisions de gâteaux en cas  de coup dur. Et, là, le coup est plus que dur...

– J'ai été privé de dîner, ce soir, alors je prends des forces, explique-t-il à ses copains tout en s'empiffrant de biscuits.

Décidément, ces carnets de mauvaises notes font des ravages. Nicolas et Louisette proposent alors à Alceste de partir avec eux faire fortune à Arcachon. On n'est jamais trop nombreux pour les grandes expéditions.

Alceste est partant mais se demande évidemment ce que l'on mange à Arcachon (le menu du jour, c'est la priorité des priorités pour Alceste !), lorsque sa mère l'appelle pour dîner.

— Tu n'étais pas privé de repas ce soir ? lui demande Louisette, étonnée.

— En fait, je n'ai pas le droit de me servir deux fois de tous les plats. Alors ça revient au même ! explique Alceste en filant se mettre à table avec ses parents (chez Alceste, on dîne toujours très tôt).

Déconcertés, Louisette et Nicolas reprennent leur route vers la fortune lorsque, **patatras** ! ils foncent dans un poteau. Le phare est cassé, Louisette est furieuse, et le soleil va bientôt se coucher ! Nicolas n'a pas le choix, il doit conti-nuer à pédaler sur le vélo tout tordu de Louisette, qui commence à s'impatienter.

– Bon… Avec tes mollets de poulet, on n'est pas arrivés ! Où est-ce qu'on va dormir ce soir ? demande-t-elle alors qu'ils n'ont pas encore quitté le quartier.

– On pourra toujours aller dans la cabane qu'on a faite avec les copains, lui répond Nicolas.

Louisette est un vrai garçon manqué et, d'habitude, rien ne l'effraie, pas même de pédaler jusqu'à Arcachon. Mais dormir dans la cabane des garçons, c'est une autre histoire...

– Tu sais quoi ? dit-elle soudain à Nicolas. Je viens de me rendre compte qu'à Arcachon, on ne mange que des huîtres, et le problème c'est que je suis **allergique !**

Sur ce, Louisette reprend son vélo et file au quart de tour (chez elle, pas du tout à Arcachon !).

Adieu vélo, huîtres et fortune à Arcachon ! Bonjour la catastrophe ! Nicolas va devoir rentrer à la maison, montrer son carnet de notes et récolter une punition abominable à vous dégoûter de l'école pour toujours.

Arrivé devant chez lui, Nicolas laisse échapper un dernier soupir avant d'entrer. Il sait bien ce qui l'attend. Il entre silencieusement dans le salon et, en fermant les yeux, tend le carnet de notes à son père qui lit son journal. Quelques secondes passent, puis il relève la tête, l'air *très* fâché.

– Mais enfin, Nicolas, gronde-t-il en agitant le carnet. Qu'est-ce que c'est que ces notes ?

Nicolas n'a vraiment pas de bonne raison pour expliquer ses résultats et tente le tout pour le tout.

– On a tous eu les mêmes notes, sauf Agnan qui a eu vingt sur vingt partout !

Nicolas retient son souffle en espérant que son père soit sensible à l'argument... Mais il a l'effet inverse.

– Eh bien, prends exemple sur Agnan ! tonne-t-il en se levant, avant d'ajouter sur un ton solennel, tel un juge au tribunal : Je veux que tu aies la même note que lui à ton prochain contrôle !

Nicolas frémit, ses poils se hérissent sur ses bras.

– Mais… mais… C'est impossible ! s'écrie-t-il en tremblant comme une feuille.

Son père reste de marbre. Il laisse tomber l'impitoyable menace :

– C'est ça ou tu peux dire adieu à tes parties de foot au terrain vague. Et pour *très* longtemps, mon petit bonhomme !

Nicolas est pétrifié. Dire adieu au foot ? C'est la sanction la plus injuste et la plus horrible de la terre. Il n'en croit pas ses oreilles. Avoir la même note qu'Agnan au prochain contrôle ? Autant dire mission impossible !

- 2 -
Cloué au lit

« La même note qu'Agnan sinon plus de foot. »
Toute la nuit, la terrible menace a résonné
dans la tête de Nicolas. Toute la nuit, il a tourné
et retourné le problème : comment avoir la
même note qu'Agnan sachant que : 1° il est le
meilleur de la classe et 2° il est le chouchou de

la maîtresse ? Autant demander à un poisson rouge de gravir le mont Blanc en raquettes !

C'est désespérant et, ce matin, Nicolas n'a vraiment pas le courage d'aller à l'école, même si le prochain contrôle n'est prévu que pour la semaine suivante. Comment aller en classe avec une pression aussi lourde sur les épaules ?

Nicolas ne voit qu'une seule solution : rester loin de ce lieu de tortures qu'est l'école. Pour y parvenir, il a une méthode efficace et approuvée par tous les enfants menacés de punitions injustes : **faire semblant d'être malade !** Il suffit de bien jouer la comédie.

Ça tombe bien, Nicolas est beaucoup plus doué à ce jeu-là qu'en arithmétique, en géographie ou en conjugaison ! Il reste donc au fond de son lit et attend.

Sa mère finit par monter dans sa chambre, inquiète de savoir pourquoi il n'est pas encore prêt pour l'école.

– J'ai mal au ventre... comme quand Papa m'a fait goûter les bigorneaux à Bains-les-Mers... se plaint-il.

– Tu as envie de vomir ? Tu as des gargouillis ? L'estomac qui se tord ?

Nicolas acquiesce à chacune des questions de sa mère en poussant des petits cris de douleur. Le moment est critique ; il faut bien doser les gémissements pour rester crédible.

– Bon. J'appelle le docteur Lebileux, conclut sa mère, un brin suspicieuse.

Dès qu'elle est sortie de la chambre, Nicolas saute de joie sur son lit. C'est la fête, il a réussi !

Enfin... presque, car il doit encore passer le vrai grand test : tromper le docteur Lebileux.

Un peu plus tard, blouse blanche, mallette noire et crâne d'œuf font irruption dans la chambre. Le docteur Lebileux ausculte Nicolas avec tout son attirail, stéthoscope et bâtonnet au fond de la gorge. Heureusement, Nicolas est un grand acteur. Mais le docteur Lebileux n'est pas un débutant non plus. Il fronce les sourcils, tire le bas des paupières de Nicolas, regarde le blanc des yeux, lui dit de faire « aaaahhh » et finit par donner son verdict :

– Je le trouve un petit peu palot...

Sans rien montrer de sa joie, Nicolas savoure sa victoire. Comme prévu, le docteur Lebileux

recommande qu'il reste au lit toute la journée. Cependant, il ajoute deux consignes inattendues :

– On va le mettre à la diète, ce grand garçon. Tenez, c'est un fortifiant à prendre trois fois par jour, dit-il en sortant un petit flacon de sa mallette. C'est de l'huile de foie de morue. Excellent pour la digestion ! Je repasserai en fin de

journée pour voir si son état s'est amélioré, dit-il en quittant la pièce.

Nicolas est perplexe : le liquide verdâtre dans le flacon ne lui inspire vraiment rien de bon...

Le docteur à peine parti, la mère de Nicolas s'empresse de lui en donner une cuillerée.

« **Beurk !** Ça va finir par me rendre vraiment malade, ce truc ! » pense Nicolas en faisant la grimace.

Après cette expérience éprouvante, la mère de Nicolas quitte sa chambre, et il peut enfin commencer à profiter de sa journée.

Quel bonheur de pouvoir jouer tranquille à la maison pendant que les autres s'ennuient mortellement à l'école ! Nicolas se lance dans un super-jeu de voleurs avec son chapeau de

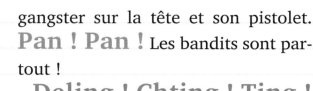

gangster sur la tête et son pistolet. **Pan ! Pan !** Les bandits sont partout !

Deling ! Chting ! Ting ! Ce n'est pas un tir ennemi, mais le bruit de sa lampe de chevet qui se casse en tombant par terre…

Aussi rapide que l'éclair, la mère de Nicolas ouvre la porte et constate les dégâts.

– Nicolas ! Qu'est-ce que tu as fait ? Je t'avais pourtant demandé d'être sage ! gronde-t-elle. Tu n'as qu'à lire un livre au lit.

Les mères ont parfois des idées vraiment pas rigolotes… Nicolas est pourtant obligé d'obéir.

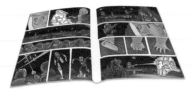

Mais, après avoir relu pour la milliardième fois toutes ses bandes dessinées de *Capitaine Tonnerre*, il s'ennuie ! Pour faire plaisir à sa maman, il file chercher un autre livre dans le bureau.

Nicolas trouve le stylo-plume de son père posé sur un dossier. Pris d'une inspiration subite, il essaie de dessiner avec, mais il a beau le secouer dans tous les sens, l'encre ne coule pas dans la plume... elle gicle sur les murs ! Évidemment, comme si elle avait un sixième sens pour

deviner les bêtises de Nicolas, sa mère apparaît aussitôt et le gronde à nouveau.

– C'est pas de ma faute ! C'est le stylo de Papa ! C'est vrai quoi, c'est pas juste ! gémit Nicolas.

Malheureusement, quand on joue au malade, on ne peut pas se révolter trop fort (ça serait louche). Dépité et affamé, Nicolas écoute les gargouillis de son ventre et file à la cuisine. Il trouve une belle part de gâteau dans le réfrigérateur et trempe son doigt dans la crème, pile quand sa mère arrive dans son dos. Nicolas sursaute et laisse glisser l'assiette qui se brise sur le sol ! **Chting ! Cling ! Dling !**

Exaspérée, sa mère hausse le ton.

– Mais enfin, on ne peut pas te laisser seul cinq minutes !

Nicolas sort alors le grand jeu : il la regarde les larmes aux yeux, les lèvres tremblantes, prêt à éclater en sanglots.

– Bon, remonte te coucher. Je vais te préparer un petit quelque chose si tu as faim, finit-elle par lui dire gentiment.

Nicolas l'a échappé belle. Il remonte en quatrième vitesse dans sa chambre. Sous ses couvertures, il rêve de toutes les bonnes choses que sa mère va lui apporter : poulet rôti, pièce

montée, crème glacée… Il s'en lèche déjà les babines. Sauf que le plateau-repas d'un malade à la diète, ce n'est vraiment pas folichon.

– Voilà : un bon bol de bouillon, un yaourt et ta cuillerée d'huile de foie de morue ! Tu vois, ce n'est pas si terrible d'être à la diète ! annonce sa mère en déposant le plateau sur le lit.

Nicolas en reste muet. Il voulait éviter la torture de l'école, et voilà qu'il se retrouve en prison, seul dans une cellule où il n'a le droit de rien faire, de rien manger et où, en plus, il doit avaler une horrible potion !

En début d'après-midi, le prisonnier a enfin une visite : une tartine à la main, Alceste entre dans sa chambre. Tout fier, Nicolas lui fait son numéro du malade bienheureux.

– Tu sais, c'est vraiment chouette d'être malade ! Rester là, à ne rien faire… Être servi comme un pacha… Quand je pense aux copains à l'école pendant que je m'amuse comme un petit fou…

Mais Nicolas déchante vite en entendant ce qu'Alceste lui dit, la bouche pleine :

– Bah, cha ch'est drôle alors !

Chuchtement, les copains vont jouer au foot chet après-midich, grounch, grounch…

Nicolas se redresse d'un coup, surpris que les copains puissent jouer au foot un jour d'école.

– La maîtreche est malade, grounch, grounch... On n'a pas école ! explique Alceste.

Décidément, le monde ne tourne pas rond aujourd'hui. « Tomber malade » le même jour que la maîtresse, quelle malchance !

D'autres seraient abattus. Nicolas, lui, se reprend aussitôt. Il s'habille en deux temps trois mouvements et se précipite en bas avec Alceste pour rejoindre les amis au terrain vague.

C'était sans compter sur l'infirmière en chef Maman qui s'interpose :

– Non, Nicolas ! Tu restes dans ta chambre ! Et pas de friandise, n'est-ce pas, Alceste ? Nicolas est à la diète !

Déçus, les deux copains remontent à pas lourds dans la chambre. Alceste se laisse finalement attendrir par la situation de son ami et descend lui chercher un « truc bon » à manger. Nicolas est aux anges. C'est si doux d'avoir un ami sur qui compter.

Sauf qu'Alceste lui remonte un « truc bon » très surprenant : l'huile de foie de morue !

Nicolas le fusille du regard. « Vraiment, il y a des jours où on ferait mieux d'aller à l'école ! » se dit-il.

Vexé par l'ingratitude de Nicolas, Alceste part précipitamment. À la porte, il croise le docteur Lebileux qui vient vérifier l'état du malade. Cette fois-ci, Nicolas ne veut plus du tout jouer la comédie. Il se lève d'un bond énergique.

– Je suis en pleine forme ! Il faut absolument que je retourne à l´école ! lance-t-il à sa mère et au docteur, stupéfaits.

Mieux vaut être en prison à l'école avec les copains que tout seul sous la couette avec un bol de bouillon et une horrible potion à avaler !

- 3 -
Chignon, lunettes et postillons

Le lendemain matin, Nicolas, résigné, part pour l'école. La maîtresse, elle, devait être vraiment très malade, car elle est toujours absente. Sa remplaçante, une vieille bique avec des petites lunettes et un chignon, se plante sur l'estrade, raide comme un piquet.

– Elle a au moins cent ans !
chuchote Maixent.

Par chance pour lui, elle est sourde comme un pot. Elle confond tous les prénoms et, à la surprise générale, elle prend immédiatement Agnan en grippe.

– Je vois que j'ai affaire à une forte tête… gronde-t-elle, alors qu'Agnan essaie de lui expliquer que, d'habitude, c'est lui qui va chercher les cartes de géographie. Je vous conseille de ne plus vous faire remarquer dorénavant, jeune homme !

Agnan est sens dessus dessous : c'est lui le chouchou, pas ce cancre de Clotaire que la remplaçante adore et appelle « Hilaire » !

Les autres enfants (surtout Clotaire, qui n'a jamais été le chouchou de toute sa vie) sont ravis de ce changement. Car, en plus d'être sourde, la remplaçante a une écriture en pattes de mouche (ce qui leur donne le droit de ne rien copier puisqu'ils ne voient rien – logique !).

Mais elle postillonne beaucoup, et Geoffroy, au premier rang, en fait les frais.

– Même pendant mes vacances en Angleterre, il ne pleuvait pas autant… râle-t-il pendant la récréation.

De retour dans la classe, la remplaçante ordonne aux enfants de recopier la leçon en silence et s'absente un instant. Comme il le fait toujours avec la « vraie » maîtresse, Agnan monte sur l'estrade pour surveiller les autres (un réflexe de chouchou). Il tape avec la règle de la remplaçante sur son bureau pour calmer la pagaille.

Clac !

– Un peu de silence ! lance-t-il.

À ce moment, la remplaçante ouvre la porte.

– Eh bien, bravo ! C'est ce que vous appelez « recopier en silence » ? dit-elle d'une voix à vous percer les deux tympans d'un seul coup.

Puis elle se tourne vers Agnan :

– Quant à vous, puisque vous aimez tant faire le pitre, allez donc le faire au piquet !

C'en est trop pour Agnan. Il pique une crise de nerfs, tape des pieds et se roule par terre.

– C'est vraiment trop injuste ! Je vais le dire à mon père et à ma mère, vous allez voir…

– La seule chose que je vais voir, c'est votre carnet, jeune homme, lui réplique la remplaçante en l'attrapant par l'oreille. Vous aurez un mot à faire signer par vos parents.

Tous les garçons en restent bouche bée. Agnan a eu une punition, c'est une première mondiale !

Leur surprise laisse place à l'effroi quand la remplaçante leur annonce, en effaçant le tableau, qu'ils auront tous une interrogation écrite sur la leçon de géographie vendredi matin…

En rentrant chez eux, Nicolas et ses copains se demandent comment ils vont réussir ce contrôle. Après le carnet de lundi, personne ne peut se permettre d'avoir une mauvaise note (sûrement pas Nicolas !), mais personne n'a copié la leçon ! Personne, sauf Agnan bien sûr ! Ni une ni deux, ils courent lui demander son cahier de leçons.

– Hé ! vous avez pas le droit de me taper, j'ai des lunettes ! hurle-t-il en les voyant foncer sur lui.

– Mais on ne veut pas te taper ! On veut juste que tu nous prêtes ton cahier de leçons… grogne Eudes.

Agnan refuse tout net. Il ne va quand même pas aider ceux à cause de qui il a récolté un mot dans son carnet !

Jamais à court d'idée, Nicolas lui propose alors d'arranger le coup avec ses parents. Agnan hésite et se laisse finalement convaincre par Clotaire qui lui dit, d'un ton mystérieux :

– Ne t'inquiète pas, je connais un truc terrible pour faire signer les carnets…

C'est vrai que Clotaire a l'habitude d'avoir des mots dans le sien, de carnet ! **Marché conclu :** les garçons imiteront la signature des parents d'Agnan en échange de son cahier et de la précieuse leçon. Finalement, les chouchous, ça sait parfois tricher quand il le faut !

Quelques minutes plus tard, chez Agnan, Clotaire et Nicolas s'appliquent pour faire les plus belles fausses signatures de parents. L'affaire est dans le sac. Agnan, soulagé, prête son cahier à la bande.

– Merci, Agnan ! Tu es vraiment un chouette copain ! s'exclame Nicolas en courant recopier la leçon.

Agnan ne sait plus du tout où il en est : il n'est plus le chouchou, il a eu un mot de la maîtresse

et il est devenu le copain de Nicolas, tout ça dans la même journée ! Sur le perron de sa maison, il sourit fièrement.

Le vendredi matin, la remplaçante, toujours avec son chignon, ses petites lunettes et ses postillons, dicte le contrôle de géographie.

Pour une fois qu'ils ont appris leur leçon, les garçons s'appliquent. Agnan répond rapidement à toutes les questions, puis dessine pour faire passer le temps. Son dessin circule vite dans la classe, et pour cause : ce n'est pas tous les jours qu'un ex-chouchou caricature la maîtresse !

Malheureusement, la remplaçante, qui a remarqué une certaine agitation, intercepte le dessin et découvre son portrait en vieille bique postillonnante ! Furieuse, elle punit Agnan : privé de récréation, deux cents lignes à copier et, en prime, **un nouveau mot sur son carnet !**

La sanction ne fait ni chaud ni froid à l'ex-chouchou qui, décidément, prend de mauvaises habitudes à toute allure.

Pendant que ses « copains », tout contents d'avoir enfin réussi un contrôle, sont en récréation, Agnan reste seul dans la classe avec la remplaçante. Il termine sa punition lorsqu'elle quitte la pièce. Il en profite pour lui tirer la langue dans son dos. La vengeance germe dans l'esprit de l'ex-chouchou humilié...

CHOUCHOU

Ding, ding, ding ! La cloche a sonné. Nicolas, Geoffroy, Eudes, Clotaire et Alceste reviennent dans la classe et surprennent Agnan penché au-dessus du cartable de la maîtresse, son pot de colle liquide à la main.

– Qu'est-ce que tu fabriques avec ce pot de colle ? lui demande Nicolas, alarmé.

– Ben quoi ? C'est juste une petite blague ! répond Agnan, l'œil pétillant.

Sur ce, il vide tout son pot de colle dans le cartable de la maîtresse, sous les regards horrifiés des garçons.

– Arrête, t'es pas un peu fou dans ta tête ! Ne fais pas ça ! panique Nicolas.

– Mais si ! Vous allez voir, on va bien rigoler ! réplique Agnan, content de sa blague.

À peine ont-ils repris leur place que la remplaçante ouvre la porte. Elle s'assied derrière son bureau, plonge la main dans son cartable et la ressort avec un tas de feuilles collées au bout des doigts ! Elle a beau agiter sa main, telle une marionnette affolée, les feuilles ne tombent pas. Elle se lève avec raideur et fusille les enfants du regard.

– Je vois que je suis face à une classe de plaisantins… Puisque vos copies sont inutilisables, vous referez un contrôle écrit lundi matin, annonce-t-elle avec la froideur d'un bac à glaçons.

Un murmure de protestation traverse la classe, mais le mal est fait.

À la sortie, Nicolas, Alceste, Clotaire, Eudes et Geoffroy ont une discussion secrète devant le portail de l'école.

– C'est malin… Pour une fois qu'on aurait pu avoir une bonne note, se plaint Nicolas, très énervé.

– Ouais, je préférais quand Agnan était un sale chouchou… Au moins, on ne faisait pas les contrôles deux fois de suite ! ajoute Eudes, vert de colère.

Agnan les rejoint en sifflotant, comme si de rien n'était.

– On pourrait faire un petit foot avant de rentrer ! propose-t-il, enjoué.

Mais sa proposition fait un flop. Personne n'a envie de jouer avec un ex-chouchou qui leur crée autant d'ennuis.

– On ne veut plus de toi dans la bande ! lâche Eudes avec rancune.

– Quoi ? Vous m'en voulez pour cette blague ? C'était drôle pourtant !

– **Drôle ?** Tu trouves ça drôle qu'on soit obligés de refaire le contrôle ? lui demande Nicolas, très remonté.

L'un après l'autre, ils lui tournent le dos, laissant Agnan tout seul sur le trottoir, ahuri par ce qui vient de se passer. Nicolas prend le chemin pour rentrer chez lui, furieux contre Agnan qui lui fait courir le risque d'être privé de foot ! Et, tout en marchant, il se demande comment il va faire pour se souvenir, jusqu'au lundi suivant, de la leçon qu'il vient juste d'apprendre.

- 4 -
Marché conclu ?

Revenu à la maison, Nicolas monte s'enfermer dans sa chambre. Il ne redescend que pour le dîner, où il est aussi silencieux qu'une huître d'Arcachon, à la grande surprise de son père et de sa mère.

Les parents ne se rendent pas toujours compte de la pression qu'ils mettent sur leurs enfants…

Mais Nicolas n'a pas oublié la menace qui pèse sur ses épaules : « La même note qu'Agnan ou plus de foot. » Lui qui pensait avoir réussi le contrôle de géographie, voilà qu'il va devoir repartir de zéro lundi ! Sans compter le contrôle d'arithmétique de vendredi prochain ! Il n'y a vraiment aucune raison d'être de bonne humeur.

En se réveillant, le lendemain matin, Nicolas prend une grande résolution : il en a assez de toute cette tension liée aux contrôles... À partir de maintenant, il va travailler, un point c'est

tout ! Sa décision le surprend un peu lui-même, mais il n'y a plus à tortiller, il aime trop le foot pour prendre le risque de ne plus y jouer. Et il aime *tellement* le foot qu'il est même prêt à demander de l'aide à celui qui les a mis dans le pétrin, mais qui reste quand même le meilleur à l'école : Agnan ! Le foot vaut bien quelques sacrifices.

À peine son petit déjeuner terminé, Nicolas demande la permission de sortir et aperçoit le chouchou en route pour la boulangerie. Nicolas s'avance, ravalant sa fierté.

– Salut, Agnan ! Ça va ? Où est-ce que tu vas comme ça ?

– À la boulangerie, pourquoi ? lui répond Agnan, méfiant.

– Je me disais juste que ce serait drôlement chouette si on faisait la paix, dit Nicolas d'un air innocent, avant d'ajouter, l'air de rien : Et même qu'on pourrait réviser ensemble pour le contrôle de lundi, ou celui de vendredi si tu veux…

Agnan s'arrête net. Après la crise d'hier, il n'a pas du tout envie d'aider quelqu'un qui change de copain comme de chemise. Nicolas a beau proposer de lui prêter toutes ses bandes dessinées de *Capitaine Tonnerre*, Agnan campe sur ses positions et reprend son chemin.

– Allez, s'il te plaît… Je ferai tout ce que tu voudras… le supplie Nicolas en le suivant dans la boulangerie.

Madame Chouquette, la boulangère, est en train de faire le compte des pâtisseries que vient d'acheter Marie-Edwige, la voisine de Nicolas (qu'il trouve toujours aussi jolie).

– Ça nous fera… 1,25 + 2,50 + 2,10 + 1,95…

– … **7,80 !** lance Eudoxie, plus rapide que toutes les caisses enregistreuses de la terre.

À ces mots, Agnan sent son cœur battre la chamade. Nicolas rougit toujours quand il croise Marie-Edwige (ou Louisette d'ailleurs… son cœur balance entre les deux), mais aujourd'hui c'est Agnan qui devient rouge comme une pomme d'amour devant Eudoxie, la reine du calcul mental.

Il est complètement sous le charme de ce cerveau brillant. Il est si intimidé par la fillette qu'il se cache derrière Nicolas au moment où les deux copines les croisent en quittant la boulangerie.

Une fois dehors, le regard rivé dans la direction des filles qui s'éloignent, Agnan dit à Nicolas d'une voix étranglée :

– Finalement, je veux bien t'aider à réviser...

Surpris, Nicolas se tourne vers Agnan qui continue :

– ... Seulement si tu m'aides à décrocher un rendez-vous avec elle.

– Avec Marie-Edwige ? lui demande Nicolas en s'étouffant.

– Mais non, **andouille !** Avec Eudoxie !

Ébahi, Nicolas regarde Agnan, à nouveau rouge comme un sirop de grenadine sans eau. On dirait bien que même les chouchous peuvent tomber amoureux !

Quand ils arrivent au terrain vague, Clotaire, Alceste et Eudes jouent au football contre Geoffroy, Maixent et Rufus, sous les encouragements admiratifs de Marie-Edwige et d'Eudoxie. Si seulement Agnan savait shooter aussi fort que ce crâneur de Geoffroy, il pourrait impressionner Eudoxie ! Mais il doit reconnaître qu'il joue comme une brouette à roue carrée. Nicolas lui sourit d'un air entendu.

– Ça peut toujours s'arranger, souffle-t-il à Agnan.

Nicolas et Agnan entrent sur le terrain où le chouchou ne touche effectivement pas une seule balle. Il est archi-nul. Mais Nicolas, qui joue pourtant contre lui, n'hésite pas à faire un croche-pied à Clotaire et à tricher pour qu'Agnan marque enfin un but.

– **Buuut !** Bravo, Agnan ! applaudit Eudoxie.

Agnan est aux anges. L'équipe de Nicolas, en revanche, est très contrariée. L'air menaçant, Eudes, Alceste et Clotaire s'approchent de Nicolas pour lui demander des explications.

Nicolas leur raconte alors le marché qu'il a passé avec Agnan : s'il lui décroche un rendez-vous avec Eudoxie, Agnan l'aidera pour le contrôle de lundi et *aussi* pour celui de vendredi. Et Nicolas aidera ses copains si eux-mêmes l'aident à tenir sa promesse. C'est simple comme bonjour !

Les garçons peinent à suivre les explications tarabiscotées de Nicolas, mais ils n'ont pas vraiment le choix. Ils reprennent le match à contrecœur en jouant volontairement comme des escabeaux à roulettes pour qu'Agnan puisse

toucher la balle. Eudoxie n'y voit que du feu !
Elle est très impressionnée par Agnan qui
dépasse tous les autres.

Soudain, malgré les « prouesses » d'Agnan, les
deux fillettes quittent le terrain. Elles doivent
préparer un exposé au musée. Agnan décide de
les suivre.

– Mais, on ne va pas réviser ? s'inquiète Nicolas.

– Je ne vois pas pourquoi. Je te rappelle que je n'ai toujours pas de rendez-vous avec Eudoxie ! riposte Agnan, décidément dur en affaires.

Et, avec un sourire malicieux, il exige que Nicolas l'accompagne au musée.

Les copains pouffent de rire en imaginant Nicolas au musée, mais leurs gloussements ne durent pas.

– Vous venez aussi ! Sinon, ne comptez pas sur moi pour vous aider ! leur lance Nicolas, furieux.

On ne rigole pas avec les marchés conclus sur ce terrain vague.

Au musée, Marie-Edwige et Eudoxie prennent plein de notes devant les tableaux. Eudes, Alceste et Clotaire les observent, cachés derrière des statues. Ils s'ennuient ferme. Clotaire bâille même à s'en décrocher la mâchoire. De son côté, Nicolas s'impatiente.

– Allez, vas-y ! Va lui parler maintenant ! dit-il à Agnan.

– Pour lui dire quoi ? répond Agnan, désarçonné.

– Je ne sais pas, moi. Tu n'as qu'à lui raconter des trucs de chouchou sur les musées, puisque ça les intéresse ! trépigne Nicolas.

Agnan ne réagit pas. Il est pétrifié (comme quoi, on peut être le chouchou et ne pas avoir réponse à tout !).

– Dépêche-toi, sinon je te mets mon poing sur le nez ! prévient Eudes.

Les quatre garçons ne sont pas discrets, et les filles, agacées, viennent leur demander ce qu'ils font là.

– On accompagne Agnan. Il est venu dire à Eudoxie qu'il est amoureux d'elle ! lâche tout à trac Clotaire.

Sur le coup, Agnan se fige comme une statue du musée. Sauf qu'il tourne au rouge écarlate, une couleur peu habituelle pour les statues. Nicolas, Eudes et Alceste jettent un regard à Clotaire l'air de dire : « C'est malin, ça... »

– Ben quoi, on ne va pas y passer la journée, se défend-il.

Marie-Edwige, qui est aussi peste que jolie, se tourne vers Agnan :

– C'est vrai ça ? demande-t-elle d'un air narquois.

C'en est trop pour Agnan. La statue écarlate explose et se roule par terre en hurlant.

– Non ! C'est même pas vrai ! Je ne l'aime pas ! **Laissez-moi tranquille !**

Vexée comme un pou, Eudoxie hausse les épaules et quitte la salle sans dire un mot, suivie de Marie-Edwige et son sourire de peste.

Les filles parties, Agnan reste à terre, à taper des pieds comme un jouet déréglé. Nicolas se tourne lentement vers ses copains et laisse échapper un soupir désabusé :

– Je crois qu'il va falloir se débrouiller tout seuls pour les contrôles…

- 5 -

Un papa drôlement chouette

Nicolas a passé un dimanche atroce. Il n'a jamais autant détesté le traditionnel gigot-haricots verts de sa mère (et ce sale cafard d'Agnan !).

Lundi matin, il faut bien aller à l'école, affronter le destin et le premier contrôle de la semaine.

Mais, au lieu de la vieille bique à lunettes et chignon, c'est la « **vraie** » maîtresse qui vient les chercher dans la cour. Elle est guérie, drôlement jolie et plus chouette que jamais ! D'autant plus qu'elle annonce, dès qu'ils sont installés dans la classe, qu'il n'y aura pas de contrôle ce matin.

Nicolas se sent soudain pousser des ailes. La fin du monde n'est pas pour aujourd'hui.

Pas de contrôle ce matin, ça ne veut pas dire que la maîtresse s'est transformée en monitrice de colonie de vacances ! Au contraire, elle enchaîne les leçons et, à la fin de la journée, donne aux élèves un devoir d'arithmétique pour préparer le grand contrôle de vendredi.

Le soulagement de Nicolas n'aura été que de courte durée... Le devoir ressemble à un casse-tête chinois conçu par les cerveaux surchauffés de savants fous.

– Moi, je n'ai rien compris à cette histoire de poules qui pondent deux œufs par heure pendant six mois... râle Eudes.

Curieusement, Clotaire ne semble pas inquiet. Il a même l'air joyeux. Il prétend avoir une technique secrète pour ne pas faire le devoir. Décidément, les garçons sont très forts en « techniques » : Eudes est le champion du regard d'acier, Nicolas l'as de la maladie imaginaire et Clotaire le magicien des fausses signatures... et des **mots d'excuse !**

– Je vais faire une belle lettre d'excuse qui dira que je n'ai pas pu faire le problème parce que j'étais malade.

– Mais la maîtresse va reconnaître ton écriture, patate ! se moque Nicolas.

– Tu me prends pour un guignol ? Je vais la taper à la machine, patate ! rétorque Clotaire.

Qui aurait cru que le cancre de la classe soit aussi fin stratège ? Les copains en restent babas.

De retour à la maison, Nicolas demande à sa mère de l'aider à faire son devoir. Mais elle lui dit qu'elle n'a pas le temps pour le moment.

Puis il demande à son père, qui vient de rentrer du travail. Mais il doit d'abord passer un coup de fil.

Se sentant abandonné dans une maison où tout le monde est toujours trop occupé, Nicolas monte dans sa chambre.

Arrivé devant sa porte, il tourne la tête vers le bureau de son père. Son regard se fixe sur la machine à écrire qui trône entre les dossiers. Il se souvient des paroles surprenantes de Clotaire :
« Je vais la taper à la machine ! »

En un clin d'œil, Nicolas est derrière la machine, introduit une feuille et, **taptaptap, chting !** commence à taper.

En bas, dans la cuisine, où flotte une bonne odeur de poulet rôti, ses parents discutent. Ils réfléchissent à un moyen d'aider Nicolas à progresser en arithmétique.

En haut, Nicolas a terminé sa lettre. Tout le monde peut passer à table !

Le lendemain, Nicolas arrive à l'école avec son mot d'excuse pour la maîtresse. Clotaire a fait la même chose et il est furieux que Nicolas lui ait volé sa technique.

– C'était *mon* idée ! s'écrie Clotaire en essayant d'attraper le mot de Nicolas.

– Hé, de quoi je me mêle ? lui réplique Nicolas en le repoussant.

La maîtresse remarque leur chahut. Elle arrive discrètement et leur arrache les deux mots des mains. Clotaire et Nicolas se figent. Elle lit attentivement les deux mots puis regarde les enfants par-dessus ses lunettes.

– Vu le nombre de fautes, ce ne sont certaine-
ment pas vos parents qui les ont écrits, n'est-ce
pas ? leur demande-t-elle gravement.

Penauds, Nicolas et Clotaire baissent les yeux.

– Euh… non, mademoiselle… C'est moi qui ai
tapé le mot d'excuse… avoue Nicolas.

– Oui, moi aussi… Même que c'est drôlement
long avec deux doigts ! ajoute Clotaire.

Les deux garçons retiennent leur respiration
en attendant la réaction de la maîtresse.

– **Faute avouée, à moitié par-
donnée !** Vous n'aurez que deux cent cin-
quante lignes à écrire… Plus un problème
d'arithmétique, bien sûr !

Nicolas et Clotaire soupirent. La malédiction
de l'arithmétique les poursuit quoi qu'ils fassent !

Ce soir-là, quand il rentre à la maison, Nicolas trouve ses parents en compagnie d'un grand jeune homme aussi maigre qu'un haricot. C'est le portrait craché d'Agnan quand il sera grand : lunettes de super-myope qui lit trop et mèche de cheveux bien lissée... Trop sage pour être normal ! Ses parents ont trouvé la solution pour que Nicolas ait des bonnes notes en arithmétique : des cours particuliers.

– Antoine est étudiant. Il est là pour t'aider à faire tes devoirs, lui annonce la mère de Nicolas avec un grand sourire.

La nouvelle réjouit Nicolas qui, pour une fois, se sent soutenu dans cette maison où tout le monde a toujours trop à faire pour l'aider. Il fonce dans sa chambre où il se met tout de suite à son bureau, suivi d'Antoine, le grand haricot.

Quand Antoine lui demande ce qu'il fait à l'école, Nicolas le regarde comme s'il était tombé de la lune.

– Ben, des fois, on joue aux cow-boys, d'autres fois au ballon prisonnier.

– Ce que vous faites en *arithmétique* ! précise Antoine en haussant le sourcil.

– Ah ! vous voulez me faire mon problème tout de suite ? demande Nicolas à Antoine, interloqué.

Mais, à sa grande déception, Nicolas découvre qu'Antoine n'est pas là pour lui faire ses devoirs.

Ses parents le paient pour qu'il l'aide à résoudre *lui-même* ses problèmes d'arithmétique.

Antoine se rend très vite compte de la difficulté : l'arithmétique est un territoire hostile et inconnu pour Nicolas et l'affaire n'est pas gagnée… L'étudiant décide de prendre des exemples concrets pour lui expliquer le devoir. Il s'assied par terre et fait des tas de billes pour représenter les dizaines, lorsque la mère de Nicolas entre dans la chambre.

– Mais, Antoine… Vous jouez aux billes pendant que Nicolas travaille ? lui demande-t-elle, méfiante.

– Pas du tout ! Nous révisons l'arithmétique ! Je me servais des billes comme d'un outil pédagogique ! répond-il, gêné.

– Bon, je vous laisse alors… dit la mère de Nicolas en refermant la porte d'un air soupçonneux.

Antoine pousse un soupir de soulagement en essuyant ses verres de lunettes (comme Agnan quand il a peur qu'on lui tape dessus). Puis il passe à un autre exemple concret : il assemble des rails de train électrique pour représenter les centaines.

À ce moment, le père de Nicolas fait irruption dans la chambre.

– Mais non, chérie, il ne joue pas aux billes ! lance-t-il à sa femme restée dans la cuisine. Il s'amuse avec le petit train de Nicolas !

Révolté par le malentendu, Antoine suffoque d'indignation.

– **Mais pas du tout !** Nous travaillons, monsieur…

– Écoutez, Antoine, je n'ai pas besoin de payer un étudiant pour jouer avec mon fils !

À bout de nerfs, le haricot se lève et, sans dire un seul mot, quitte cette maison où l'on ne comprend rien à la pédagogie moderne !

– Ah, c'est malin ! Comment je vais faire mon problème d'arithmétique maintenant ? s'exclame Nicolas, fâché d'être revenu à la case départ.

– Ne t'inquiète pas, fiston. Je vais t'aider. Ça ne doit pas être sorcier.

Les yeux écarquillés, Nicolas le regarde quitter la pièce avec son cahier de leçon.

Debout sur une chaise de la salle à manger, Nicolas ne quitte pas des yeux son père qui planche déjà depuis un long moment sur le devoir. Il écrit une série de chiffres, fronce les

sourcils, raye une ligne avec énervement, puis une autre, se gratte l'oreille, se tient la tête entre les mains, pianote sur la table, se regratte l'oreille, lit à nouveau le problème, raye, gratte, pianote... Enfin bref, il n'avance pas !

– Tu vas y arriver, Papa ? s'inquiète Nicolas.

– Euh... Écoute, je crois qu'il y a une erreur dans l'énoncé... répond son père en pâlissant.

Puis il prend son fils par les épaules et lui dit à voix basse :

– Je vais faire un mot d'excuse !

Nicolas n'en croit pas ses oreilles : son papa qui se sert de la même technique que Clotaire ?

Autant lui annoncer que des Martiens sont invités à dîner ce soir ! Sous le regard ahuri de son fils, le père de Nicolas sort une feuille blanche, prend son stylo-plume et commence à écrire un mot, qu'il lui lit ensuite.

Mademoiselle,

Je vous prie d'excuser Nicolas de n'avoir pas fait son devoir d'arithmétique. En effet, il est rentré ce soir de l'école un peu fiévreux et nous avons préféré l'aliter.

Quel soulagement d'avoir un père aussi chouette !

Ce soir-là, Nicolas s'endort soulagé, le sourire aux lèvres : demain, il échappera à la malédiction de l'arithmétique !

Mais la terrible menace plane toujours : comment échapper au contrôle de vendredi ? Il ne reste plus que deux jours…

- 6 -
Un pingouin à la rescousse

    Par bonheur, il n'y a pas école le jeudi. Nicolas en profite pour décompresser un peu : traîner dans sa chambre, plonger dans les aventures de *Capitaine Tonnerre*, rejoindre ses copains à la piscine…

Ce jeudi pourrait être aussi délicieux que tous les autres, si seulement : 1° ce n'était pas la veille de vendredi et du contrôle d'arithmétique, 2° sa mère

n'avait pas eu la lubie de le forcer à prendre un bain en pleine journée ! Sans comprendre ce qui lui arrive, Nicolas se fait briquer, coiffer, parfumer et habiller avec son costume bleu marine et sa cravate à pois.

– Depuis quand il faut se laver et mettre un costume pour aller à la piscine avec les copains ?

S'ils me voient, ils vont dire que je ressemble à un pingouin ! s'insurge Nicolas qui meurt déjà de honte.

Sa mère lui répond en le regardant droit dans les yeux :

– Pas de piscine aujourd'hui. Tu es invité à un goûter… chez ton petit copain Agnan !

Le sang de Nicolas ne fait qu'un tour. Révolté à l'idée que ce sale cafard d'Agnan puisse être considéré comme son copain, il essaie de s'opposer.

– Mais, Maman, c'est impossible ! Je ne peux pas aller chez Agnan ! Il est complètement fou : il passe toutes ses récrés à relire ses leçons, il est archi-nul au foot et, en plus, on ne peut pas lui donner de baffes parce qu'il a des lunettes. **C'est pas juste !**

Le problème, c'est que la mère de Nicolas est plus têtue qu'une mule à sept têtes ! Elle s'inquiète des mauvais résultats de Nicolas en arithmétique. Et elle est persuadée que ses autres copains ont une mauvaise influence sur lui.

– Il est temps que tu aies de bonnes fréquenta-tions. Agnan est un petit garçon bien élevé et il est toujours premier de la classe, *lui* ! dit-elle, inébranlable.

– C'est normal, c'est le chouchou de la maî-tresse ! Je ne veux pas prendre exemple sur un chouchou ! tente d'argumenter Nicolas.

Peine perdue. Rien ne peut faire changer d'avis une mère qui a décidé de faire le bien de son fils ! Elle traîne Nicolas qui freine des quatre fers. Il marche à reculons, hurle, grogne, trépigne. Rien n'y fait. La détermination de sa mère est sans faille. Et pour faire plier Nicolas à sa volonté, elle n'hésite pas à rappeler la menace absolue :

– N'oublie pas ce que ton père t'a dit : la même note qu'Agnan ou plus de foot. **Il est temps d'agir, Nicolas !**

À ces mots, Nicolas capitule. L'adversaire est trop fort.

Quelques minutes plus tard, ils poussent le portillon de la maison d'Agnan. La mère de Nicolas s'arrête un instant avant de sonner.

– Et pas de bêtise, sinon tu seras privé de dessert ce soir ! prévient-elle.

Nicolas sent sa gorge se serrer. Il est pris dans un piège effroyable : il va vraiment passer l'après-midi habillé en pingouin avec le chouchou de la classe !

Ding dong !

– Oh, mais comme il est mignon ! s'exclame la mère d'Agnan en ouvrant la porte.

Le cauchemar vient de commencer ! Nicolas et sa mère entrent dans la salle à manger où Agnan est bien sagement assis, un livre entre les mains. Il lève les yeux vers Nicolas sans rien dire.

Les deux garçons se regardent en silence. Agnan est, lui aussi, habillé en pingouin, ce qui

n'a pas l'air de le gêner. L'après-midi promet d'être atroce et Nicolas fait aussitôt mine de partir. Mais sa mère le retient par le col et dit d'une voix mielleuse à la mère d'Agnan :

– C'est tellement gentil à vous d'accueillir mon petit Nicolas.

– C'est tout à fait normal, chère madame. Tout le monde me dit qu'Agnan est un modèle, un véritable exemple de réussite. Alors quand nous pouvons en faire profiter des petits garçons qui ont moins de... comment dirais-je...

– De facilités ? suggère Agnan d'un air angélique.

Nicolas le fusille du regard. Il meurt d'envie de lui mettre son poing dans la figure, mais il a promis d'être sage. Il serre les dents sans rien dire tandis que sa mère s'en va.

La mère d'Agnan leur apporte aussitôt le goûter : une bouillie pleine de grumeaux avec **une assiette de salsifis !** Pas un carré de chocolat à l'horizon ! Ce n'est plus un cauchemar, c'est un enfer peuplé d'ignobles créatures !

Mais Nicolas a promis de bien se tenir et avale sa bouillie aussi vite que possible (sans respirer pour ne pas sentir l'odeur).

Après ce calvaire, Nicolas suit Agnan dans sa chambre. Pas de jouet, que des livres, une collection de diplômes accrochés au mur, rien qui dépasse : un vrai musée (encore plus triste que celui d'Eudoxie et de Marie-Edwige !). Tout guilleret, Agnan prend un livre :

– On va faire des problèmes d'arithmétique, tu vas voir **c'est très rigolo !** Tiens, ce problème-là est passionnant : sachant qu'une baignoire a une contenance de 40 litres, en combien de temps celle-ci se remplira-t-elle, sachant que le débit d'eau du robinet est de 3 cm^3 par seconde ? lit-il à voix haute.

– Hé, mais c'est chouette cette histoire de baignoire ! Tu en as une ici ? demande Nicolas, dont le visage s'est soudainement illuminé.

Dans la salle de bains, les deux garçons contemplent la baignoire qui se remplit d'eau. Agnan cherche la solution du problème, et Nicolas, une façon de s'amuser.

– On pourrait faire une course de petits bateaux ! **Ça serait terrible !** propose-t-il avec enthousiasme à Agnan, un peu dérouté.

– Mais je n'ai pas de petits bateaux.

– Eh bien, on va les faire avec du papier. Ça tombe bien : tu as plein de livres dans ta chambre !

Après un temps d'hésitation, Agnan a l'air tout excité. Quelques secondes plus tard, les deux garçons sont assis par terre dans la chambre et s'appliquent à déchirer les pages des livres d'Agnan.

Une fois leurs flottes constituées, les deux capitaines se lancent dans une course-poursuite de bateaux volants ! Ils s'amusent comme des petits fous et se retrouvent dans la pièce interdite de la maison : le bureau du père d'Agnan. Il est encore plus ennuyeux que la chambre d'Agnan.

La pièce est terriblement sombre, tapissée de livres et de portraits de vieux moustachus. Il y a aussi un énorme buste en plomb représentant le grand-oncle d'Agnan (encore un moustachu !).

– Mais, on ne peut pas rester ici, c'est le bureau de mon père ! panique Agnan.

– Bon, d'accord… On n'a qu'à retourner dans ta chambre… Et si on faisait un foot ? dit calmement Nicolas, en repensant à la mappemonde d'Agnan.

Badam craaaaacccc ! Agnan vient de shooter en plein dans la fenêtre de sa chambre

qui se brise en mille morceaux ! Sa mère arrive en poussant des hurlements stridents et constate les dégâts. Agnan devient aussi raide qu'un poteau.

– Agnan, je te préviens : si tu continues comme ça, tu deviendras un bon à rien, un petit voyou ! gronde-t-elle, le doigt tendu. Maintenant, j'exige que vous jouiez à un jeu intelligent, continue-t-elle en leur tendant la grande boîte du jeu du « Petit Chimiste ».

Nicolas et Agnan sont ravis de la proposition. Ils sortent tout le matériel, des fioles, des tubes,

des bouteilles remplies de poudres de toutes les couleurs, un petit brûleur...

Ils commencent à mélanger des poudres entre elles, lorsque Agnan a une idée fabuleuse : trouver la formule qui transforme le plomb en or (il vient juste de lire un livre terrible sur les alchimistes !). Et Nicolas a sa petite idée pour trouver leur plomb : direction le buste du moustachu !

– **Ah non !** Ce n'est pas possible ! On devrait demander à ma maman, proteste Agnan.

    – Tu crois que Léonard de Vinci a demandé son avis à sa maman avant d'inventer *La Joconde* ?

    L'argument convainc Agnan. Ils commencent leurs expériences en prenant un morceau de moustache par-ci, une oreille par-là sur le buste

du grand-oncle. Des liquides sont versés, mélangés, de la fumée s'élève. Les fioles bouillonnent autant que leurs cerveaux. Il y a même de la surchauffe dans l'air... Agnan ressemble à un savant fou, ce qui commence d'ailleurs à inquiéter Nicolas.

Mais il est trop tard : un feu d'artifice explose dans la chambre ! La mère d'Agnan arrive aussitôt et, aaaahh ! découvre le désastre : la chambre

est entièrement repeinte, Agnan est couvert de suie, le buste du grand-oncle n'a plus de nez, ni d'oreille, ni de moustache… et, dans la salle de bains, l'eau coule encore dans la baignoire !

– C'est peut-être l'heure que ma maman vienne me chercher ? dit Nicolas d'une petite voix…

– 7 –

Le vendredi fatal

Nicolas était loin d'imaginer que passer l'après-midi avec Agnan pourrait être aussi animé ! Déchirer des livres, inonder une salle de bains, détruire le buste d'un grand-oncle et faire exploser un feu d'artifice dans une chambre, tout ça en à peine quelques heures et chez le

chouchou ! C'est un record, et Nicolas est certain que ses copains ne vont pas le croire.

Évidemment, il l'a payé cher : la mère d'Agnan leur a passé un savon, puis la sienne l'a privé de dessert (elle l'avait prévenu !). Mais, le problème, c'est qu'en ce qui concerne les progrès en arithmétique c'est un échec total (Nicolas avait bien dit que ça ne servirait à rien !).

Résultat : après plus d'une semaine d'efforts, de stratégies et de tensions, Nicolas en est toujours au même point et le vendredi fatal du contrôle d'arithmétique est arrivé...

L'effroyable menace de son père empoisonne l'air. « La même note qu'Agnan ou plus de foot. » La phrase semble résonner entre les quatre murs de la cuisine. Et, ce matin, Nicolas n'a vraiment pas le cœur à manger ses tartines.

Il se rend à l'école l'estomac noué, comme s'il venait d'ingurgiter une marmite d'huile de foie de morue. Son cartable semble peser des tonnes.

Sur le chemin, il retrouve Alceste, Clotaire et Eudes, tout aussi lugubres. Agnan apparaît au coin du trottoir, l'air préoccupé. Comme Nicolas, il a été privé de dessert la veille (pas d'endives braisées !), mais ce n'est pas ce qui semble le tourmenter.

Eudes découvre vite le pot aux roses : Agnan cache une lettre dans son dos. Le cogneur de la bande la lui arrache des mains.

– Rends-moi ça tout de suite,
t'as pas le droit ! hurle Agnan pendant que la
lettre passe d'un garçon à l'autre.

Elle arrive finalement à Nicolas qui la déplie
et la lit.

– Hé ! C'est une lettre d'amour pour Eudoxie !
se moque-t-il bien fort.

Les garçons pouffent de rire.

– Je parie que tu n'oseras jamais lui donner !
s'esclaffe Eudes.

Agnan feint l'indifférence et hausse les épaules.

Sur le trottoir d'en face, Nicolas reconnaît
Marie-Edwige et Eudoxie. Il met Agnan au défi
de traverser la rue pour donner la lettre à sa
bien-aimée.

Agnan hésite, regarde les filles qui passent
sans même tourner la tête de leur côté, puis
se dégonfle comme un pauvre ballon percé.

– Je n'y arrive pas, souffle-t-il d'un air
pitoyable.

Nicolas lui glisse alors avec un sourire malicieux.

– Je veux bien m'en occuper, moi…

Il faut savoir sauter sur les occasions que présente le destin et Nicolas n'hésite pas une seconde ! Il propose à Agnan de donner la lettre à Eudoxie à condition qu'en échange il leur

donne, à lui et aux autres copains, les réponses au contrôle d'arithmétique. Agnan n'a plus la force de résister et capitule sur-le-champ, au grand soulagement de la bande de copains, ravis. Nicolas file aussi sec en courant derrière les filles...

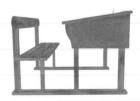

Dans la classe, la maîtresse finit d'écrire l'énoncé du problème d'arithmétique au tableau. On entendrait une mouche voler. Agnan se met

$$\frac{11 + 45}{2200} =$$

aussitôt à écrire sur sa copie comme une fourmi affairée, tandis que Nicolas, désemparé, se frotte la tête en regardant le tableau (autant tenter de résoudre une énigme en grec ancien !).

Il jette un œil inquiet vers Agnan, qui sent le regard de Nicolas sur son cou et tourne la tête vers lui. Agnan arrête d'écrire et froisse sa copie sans faire de bruit pour en faire une boulette (comme quoi, on peut être le chouchou et tenir ses engagements). Dès que la maîtresse a le dos tourné, il lance la boulette vers Nicolas. Mais il a beau être premier de la classe, il est mauvais dans tous les sports et super-nul en lancer de boulettes de papier ! Il vise de travers, et Geoffroy la reçoit **en pleine tête.** Ce dernier

la ramasse prestement et s'apprête à la renvoyer
à Agnan lorsque Clotaire l'interpelle :

– Donne, c'est pour moi !

– Non ! Moi d'abord ! chuchote Eudes en mon-
trant le poing.

– **Hé, ho !** C'est à moi qu'il l'envoyait !
intervient Nicolas, un cran plus fort.

–Hech ! Ch'est à mouach…
rajoute Alceste la bouche
pleine.

Tout le monde s'en mêle
et se chamaille à qui mieux
mieux. Le brouhaha attire

l'attention de la maîtresse qui se rapproche des enfants sans qu'ils s'en aperçoivent. Pris en flagrant délit, ils sont sommés de lui donner la boulette de papier… Puis la maîtresse la défroisse et la lit.

– Mais, c'est ton écriture, Agnan ! dit-elle stupéfaite. Je suis très déçue, tu mérites un zéro, ajoute-t-elle d'un air sévère.

Agnan devient aussi blanc que la craie du tableau. Il se met immédiatement à pleurer et à

se rouler par terre (c'est un réflexe chez lui, il ne sait pas pleurer sans se rouler par terre).

– **C'est pas juste !** C'est eux qui m'ont obligé ! hoquette-t-il en tapant des pieds.

Très fâchée, la maîtresse se tourne vers Nicolas et la bande. Son regard est sans appel, plus personne ne bouge, leur sort est scellé.

À la sortie de l'école ce jour-là, le Bouillon remarque que personne n'a le sourire. Les garçons rentrent chez eux, leur copie à la main,

la mine sombre. Marie-Edwige, en revanche, va à leur rencontre toute guillerette. Elle arrive de l'école des filles et remet une lettre d'Eudoxie à Agnan (quelle journée pour le chouchou !).

Il l'ouvre nerveusement et la lit, frétillant comme un gardon. Peu à peu son sourire ravi s'efface pour laisser la place à un rictus contrarié

et déçu. Il replie la lettre et s'adresse à Marie-Edwige :

– Tu diras à Eudoxie que pour ce qui est d'aller au cinéma ensemble… Il n'en est pas question ! déclare-t-il d'un ton suffisant.

Déconcertés, les copains se regardent en se demandant quelle mouche l'a piqué.

– Je me suis trompé sur Eudoxie. Ce n'est pas une fille pour moi ! leur explique Agnan, hautain. Regardez… sa lettre est bourrée de fautes d'orthographe !

Sur ce, il tourne les talons et s'en va seul, fier comme un coq. Nicolas et les autres le suivent du regard, ahuris par sa réaction.

– Il est complètement fou, Agnan ! conclut Alceste en tapotant son index sur sa tempe.

Les garçons ont chacun repris leur chemin. Nicolas arrive enfin devant chez lui. Avant de pousser la porte, il jette un regard mélancolique à son ballon de foot au pied de l'arbre. La menace de son père résonne à nouveau dans sa tête : « La même note qu'Agnan ou plus de foot. » Il pousse un long soupir et referme tout doucement la porte derrière lui.

Soudain, le visage de Nicolas s'illumine...

Son père est assis dans son fauteuil du salon, plongé dans le journal.

– Alors, Nicolas, ce contrôle d'arithmétique ? lui demande-t-il sans lever le bout du nez.

Nicolas s'avance vers lui, avec précaution,

comme un funambule marche sur sa corde tendue.

– Euh… Eh bien tu vas être content… commence-t-il timidement.

Les yeux de son père brillent subitement de satisfaction. Il baisse son journal pour savourer la bonne nouvelle du jour.

– J'ai eu la même note qu'Agnan comme tu me l'as demandé, continue Nicolas d'un air malicieux.

– C'est vrai, ça ? lui demande son père, qui se

lève d'un bond, fier de l'exploit de son rejeton.

Nicolas acquiesce avec aplomb (après tout, c'est la vérité) :

– Oui, tous les deux, on a eu… **zéro** !

Le Petit Nicolas
d'après l'œuvre de René Goscinny et Jean-Jacques Sempé

Une série animée adaptée pour la télévision par Matthieu Delaporte,
Alexandre de la Patellière et Cédric Pilot / Création graphique
de Pascal Valdès / Réalisée par Arnaud Bouron.

D'après les épisodes « Je quitte la maison », écrit par Olivier
et Hervé Pérouze, « La composition d'arithmétique », écrit par Mathias Fourrier
et Thomas Barichella, « Nicolas est malade », « La nouvelle », écrits par Delphine Dubos,
« Excuses », écrit par Bertrand Veyne, « Je fréquente Agnan »,
écrit par Alexandre de la Patellière, Mathieu Delaporte, Cédric Pilot.

Le Petit Nicolas, les personnages, les aventures et les éléments caractéristiques
de l'univers du Petit Nicolas sont une création de René Goscinny
et Jean-Jacques Sempé.

Droits de dépôt et d'exploitation de marques liées à l'univers
du Petit Nicolas réservés à IMAV éditions.

Le Petit Nicolas® est une marque verbale et figurative enregistrée.
Tous droits de reproduction ou d'imitation interdits et réservés.

© M6 Studio / IMAV éditions / Goscinny – Sempé
© Gallimard Jeunesse, 2012, pour la présente édition

Conception graphique du roman : Thierry Sestier

Le papier de cet ouvrage est composé de fibres naturelles, renouvelables,
recyclables et fabriquées à partir de bois provenant de forêts plantées
et cultivées expressément pour la fabrication de la pâte à papier.

Loi n° 49-956 du 16 juillet 1949 sur les publications destinées à la jeunesse
ISBN : 978-2-07-064495-7
N° d'édition : 256711
Premier dépôt légal : mars 2012
Dépôt légal : juillet 2013
Imprimé en France par Pollina - L65619